長風叢書第二九二篇

鳥は雲から

菊地かほる歌集

現代短歌社

目次

Ⅰ　沼のほとり

Ⅱ　めぐる季節に

鳥は雲から

序歌

美しき韻のあらずやきさらぎの雪のふる野を渡りてゆかば

Ⅰ　沼のほとり

雁の塒入り

枯るる野のくぼむところを沼とよぶふるさとにまた鳥渡り来る

統べる声風に奪われやすからん夕雁の列また崩れたり

星々の銀河のさまを思わせて鳥のあまたが空をめぐれる

降下する姿勢に入るやあおられし鳥らは空にもちこたえたり

石つぶてのように落ち行く鳥のありあやうく水に触れず浮上す

ねぐらなる冬水の上群舞する鳥なま臭き息吐き合うか

張りつめて翼に風を耐えながら水に降りゆく時を窺う

この沼に夜の祝祭あるならん集える鳥のあまた華やぐ

白鳥

低曇る空を近づきくる波か光ると見れば白鳥の列

降下して脚のばしつつ水に入る鳥の勢い攻め込むに似る

翼張り着水したる白鳥の水を滑りて姿定まる

降り立ちて水に円居をなすごとし白鳥の頭しばし集まる

氷雪の上に羽ばたき白鳥は影と光を折りたたみする

わたわたと水蹴る助走そののちに浮揚のはずみ鳥は得たりき

白鳥の水を蹴《け》走る勢いのふと空を得て飛ぶ鳥となる

雪の足跡

鴨の来て憩う沼にてありにしを青きばかりに雪の覆える

靴跡とけものの足あと並びたる雪の山道ものの音なき

雪積もる杉の小山の道を行く伐られし杉の香に酔いながら

払われし杉枝あまた雪にあり伏してけものの群るるかと見ゆ

踏み抜きし跡雪にありたどり行く誰と知られぬ先達のあと

雪原に兎の足跡つづきたり身の躍りしや大きひと跳び

この山に闇の至らば宝石のまなこ光らせけものは跳ばん

春は五月

跳ね馬も啼く山羊たちもいぬ村の野の草はらに光のあそぶ

花群に若葉のまじる桜木の下に雀のつと番いたり

ふるさとにゆたけく友は畑起こす八重桜ばな散りしく土を

炭爆ぜる囲炉裏の端に客となる蕗の若葉に麺の盛られて

自在鉤かぐろく下ろし主なる人は夢さえ沈着に言う

しなやかに水を跳び越え青年はなお山深き沼を指さす

長き世を人に知られぬ沼のあり山の涙の壺ほどの青

木々の葉のひらき重なる頃おいの山やわらかし沼ふたつ抱く

台湾

機に渡る雲海の下に海あらん戦に父の死せしという海

生まれたる街台北に降り立ちぬ風のごときが肌に親しき

軍服の遺影に若きまなざしの父なる人をわれは知らざる

戦いに傷みし人の傍らに若き軍医の父はありしか

少年の日にふるさとを出でしとうこころ立ちくる春の銀嶺

家ごとに梅の花咲く里を発ち学びしのちを戦いに死す

母宛の古き手紙に知る地名花蓮の町を夜汽車に過ぎぬ

花蓮市の街のあかりのつつましきほど疎らなり戦い遠く

戦いの海の瞬時に砕かれし人の生涯わが父もまた

医を学ぶわが青年のために祈る海に再び戦火のなかれ

嵐

台風の渦巻き雲の迫る朝北の原野に子は旅立ちぬ

台風の近づく雲の飛ぶ窓に離れ住みいる家族あやぶむ

夜九時のカリヨンが鳴るムーンリヴァー単身赴任に夫は慣れしか

風荒るる秋のくさはら草々の照りつつ陶然と靡くときあり

野嵐に葛は葉裏をひるがえし母に抗う心の消えず

雨風のなお衰えぬ籠り居に郵便物の濡れて届きぬ

風荒れし野の広がりにいっぽんの木の裂かれたる色なまなまし

台風の去りて透れる虫のこえ文箱に古りぬ母の恋文

戦史展

無名なる戦士の墓に黄の菊を供え一期の礼となしたり

灼け色の陶の棺が標なり戦士らの骨は累々とあらん

戦いの地に見しものか血の色の花のデイゴが墓苑に咲けり

田村麻呂が蝦夷《えみし》われらを攻めしこと戦史の初めと展示されいる

日本の戦史を追える展示室昭和に至れば息苦しかり

戦史展見るを半ばで切り上げる父の死にたる戦のまえに

軍医なる父の遺品にあらねども薬瓶注射器見過ごしがたし

靖国はある時母を支えしか英霊というものの妻にて

六十年過ぎてもわれに父の死は深き淵なり父を知らざり

鈴木幸輔歌碑

遠き世の川の形見のみずうみのほとり高きに師の碑は立つや

すずかけの大き落ち葉を踏みながら心抑えて師の碑に向かう

精神が黒光りして立てるもの沼の辺の碑を師とも思いぬ

あたたかく端正な文字刻まるる師の歌の碑は秋草の中

丈高き碑に師の歌をたしかめて心ゆくなり秋空ふかし

藍の深皿

見通しの信号がみな青になる見知らぬ町をつき抜け来たり

去る日近き夫の任地海の町に藍いろ愛しき深皿を買う

魚を買い器を求め知る人のなき町に言葉いくつを交わす

新緑が若葉に移るこの日ごろ損得のこと超え難くおり

浅蜊貝びろびろ水管のばしいる昼の厨を若葉が覗く

母の日に母あり夫が花束を抱え見舞いぬ昼も臥せるを

柿若葉午後のひかりに揺れやまぬこの時の間に耳傾ける

濃き眉の涼しげになり帰省しぬ世の青年の一人なる子は

青葉梟《あおばずく》今年は聞かず梅雨の夜の二人の会話間合い長かり

夢の話

勲章も賞賛も要らぬと夢に言う死者はいかほどの者とも知れず

硬直のなきを怪しみてわが抱く夢なる死者はかすかに男

死者の肋骨《あばら》だきて寝かせし夢に醒め覚めれば己が胸いだきおり

語り得ず遺す思いもあるならん己れをしばし死者にしてみる

洋蘭の蕾ほどけし花の室引き込まれんか黄泉の入口

闇の風景

怖いほど平穏だった日々が裂け黒いクレバスを一気に陥《お》ちる

いっぽんの棒のごときに暗転すあとはとめどもない闇ばかり

巻き戻し可能にあらば川はらの葦群に日の沈む前まで

夕明かりの水に身の影にじませる手負いの馬の首長すぎる

常ならぬ日々のまなこに痛くしてさやぐ秋草紅衰えず

うつ向ける心を立たせふり仰ぐ銀杏は光の蜜にまみれる

死にびとも罪問われいる刻なるかのぼる半月ざらざらの陰

非常時が日常めきて不意に来るやさしい時間ひだまりの窓

赤き脚折っては蟹を食べている誰もがみんな罪びとなのか

人の世を遠ざかり住む窓に見え雪揺り落とし鳥の去りたる

陥《お》ちしより闇に見えくるもののあり食む意志のなきパンの白さよ

ある秋の疎水の煉瓦しみじみともの書くときのこころを支う

癒え難きこころの傍に花季長き鉢植えのあり萎えたるを摘む

凍　湖

白鳥の沼ふぶきしか雪原となりおり動く物の影見ず

凍りきらぬひとところあり水黒く見ゆるに鳥の集い浮きおり

雪沼の凍り遅るる水にいる鳥らは葬りの集いに似たる

凍み凍みて閉ざしあえざる湖心あり空を映して空より暗き

冬長く凍湖に潜むいきものの声を閉じこめ蓋氷《ふたごおり》冴ゆ

氷雪に胸を当てている白鳥は兆しを知るや水動く日の

ゆるみたる沼の氷を胸に押し押しつつ白鳥は氷分け行く

沼閉ざす氷みずみずと潤みきて冬の負い目の端解かれゆく

Ⅱ　めぐる季節に

木原の雪

山麓へ遠く続ける野の道を行き行くほどに故郷に似る

独楽になり翼になりて鳥行きぬ枯草に立ちわれは見送る

蕭条の雪原に置く影のあり鋭きものか木々の枝々

雪原に枝々の影揺れいしが不意に消えたり雲の通れる

春近き木原の雪のうす汚れわりなく気圏の濁りの映る

不意にして笛に似る音するどきは震う木の葉よ枝を離れず

雪原のどこかに水の音のあり春は透明のものより動く

踏む雪の靴跡かすか潤む色うすき翡翠に春きざすなり

伏流をいざないながら樹間行く春の水脈ひかりとなりぬ

ミソサザイ

橋かとも沢に倒るる一木のこらええざりし冬にありけん

雪いまだ消えぬ林にマンサクの花むずむずと開きはじめる

残雪の疎林に動くものありと指せばカモシカと夫の断ずる

水際の雪に食い込む足跡を残して去りぬ若きカモシカ

残雪の疎林に昼の光透き水楢いまだ芽鱗の固き

ミソサザイ躍りて鳴きて身を明かす名のみ知りいし小さき鳥よ

ミソサザイまるき身小さく跳ね移るそこのみ雪の解けし水際を

星落つる沼とぞ人の名づけたる森の窪みに水芭蕉咲く

湿原の疎林を抜ける風に揺れ苞さえざえと白き水芭蕉

山の桜

春近き雑木林のまがなしもほのくれないに息吹の立ちて

隧道を出でてすなわちさしかかる風吹橋は深谷のうえ

過ぎにつつここが峠と思いたりひそと雨降る林の道に

山に咲くさくら白きもくれないもしみじみ滲む山やわらかし

春もみじ煙れる山の色あいを心にまとい一日和める

若菜摘む野遊びに日は傾きて山の桜のあわあわ白し

水霧のごとき桜の夕べなり遠くひとりに母の祈れる

藤見の座

友の言う滝のような藤を見に行かん緑みしみし重なる山に

「出羽街道」石の標に知りて入る山道の黄の菫明るし

落ち枝の中より選りしを杖となす山に慣れたる友の自在よ

這いのぼり一木を枯らす藤蔓の業を隠せる花のむらさき

谷向うの藤は波打つごとくあり月夜とならば銀に光るや

蕗の葉を敷きしわれらの藤見の座夜はけものの来たり遊べよ

夏の鎌倉

討ち合いしのちの渇きにつわものの水汲みし井戸今なお涸れず

竿釣瓶落ちて水打つ音返る一つ出口の夏の旱天

将軍の若き最期を見届けし銀杏大樹の吐く蟬時雨

過去ばかりるいるいとせる墓群に盆会の卒塔婆板木の白し

古寺を訪ぬる道に沿う水の細く衰え溝蕎麦蔽う

迫害を受けたる寺を過ぎ来つつ谷水細く澄みて下れる

夏の森背後に昏れて古寺の塔の裾なる生活《くらし》楚々たり

崩るる波

砂を踏み近づく夜目にほの白く帯なすところ波崩れおり

暗きより暗きを追いて来る波の崩れつつ闇にほめく妖しさ

靴に入りし砂よかすかに苦みもつ記憶に似たり砂に返さん

海波の幾たび暗く立ち上がり崩るるを見て朝の身は冷ゆ

大いなる水の端なり海波は引き去りながら砂浜濡らす

立ち上がる水の極限きりきりと波崩れ落つ夏終わる海

須磨・明石

打ち水に濡るる小路の垣長く風船蔓のさみどり涼し

空蟬をあまた縋らす夏木々の隔てて須磨の海見えぬなり

敦盛を捕らえて心迷いける直実の像に日の斑の動く

もののふの駆けけん道に行きあいし少年が敦盛の首のこと言う

合戦の谷の落ち口底暗きあたりを白くもつれ行く蝶

雨やみしのちの青葉の雫する下を行きつつ碑《いしぶみ》探す

夕立ちの過ぎたる雲の明るさを映せる辺り海昏れ残る

彩《いろ》のなき夏の海峡にかかる橋その造形のリズム涼しき

ビル群を梳きくる風にさわやかな海の気のあり旅に闊歩す

母と草引く

ふるさとの大き欅の木洩れ日を受けつつ老いし母と草引く

行く秋の野遊びのごと草を引くふるさとの土わずかに温き

声がするあれは白鳥と母に言うああ輝いてと母は見送る

枯草の筵に母を誘えばためらわず坐すもんぺの絣

大き樹は紅葉《もみ》ずる遅くゆったりと枝を広げるその下に坐す

枯草を筵になして母と座すめぐりゆるやかに冠毛の移る

海苔むすび食べつつ母とやわらかき日のなかにおりこの秋は斯く

草もみじ抜きしひともと日に透かす母よ一生の終り紅かれ

風の字

木下道明るむところ滝のあり垂水と呼ばんほどのかそけさ

空いろの後ろ姿のカワセミを吸い込みしのち静かなる森

切り岸の木々に秋色しずけしと見しが一葉の散れば散りつぐ

しきり降る木の葉の音よ枝に触れ葉に触れ合いてみな乾く音

時雨する音にも似つつ木の葉降るひとしきり降りのちの静けさ

晩秋の水の左岸の道を行き右岸を下り人にあわざる

空海の書の風の字がまなうらにありて構えの揺らぐことなし

落ち髪の先から元へ銀となる移ろいの見え冬の日の差す

張り替える障子など欲しひとり居の窓の明るみうすら雪降る

夫の学位記

還暦を過ぎて学位を授与さるる笑みしずかなり冬ざくら咲く

三十年共にありたる歳月の凝る学位記日に透かし見る

あざなえる縄の如しというも今心放ちて祝宴に居よ

胡蝶蘭花むらさきに連なれるこの絢爛に祝われており

花あれば花に影ある歳月に削がれきたりしものを思いぬ

一目千本桜

職に就く猶予の幾日家にいる子の声張りをもちて青年

桜木の下に広ぐる弁当は太巻きがよし母より受け継ぐ

花仰ぐ人の面のみなほぐれこころ両手にめぐみ受けいる

花に逢う幸い生きてある春のひと日老いたる母と遊びぬ

花満つる桜千本うち続く水辺行きつつ現を出でず

夢なりし千本桜を見しのちの老いの心を危ぶみており

子の研修地

ふたすじの山系長きその間《あい》に子の住む町は青く靄立つ

母の日のわれに届きし花の色ミセスピンクの名をたのしみぬ

青嵐吹くにポプラの抗えるひと葉一葉のおのれ立つべく

若き日はわかき思いに仰ぎしかポプラ葉群の水無月の照り

夏至近き日輪ぐるり背に回り北の小窓の夕べ華やぐ

花槿咲きて朝なり初めての当直の子に夜の明くるべし

Ⅲ　はかなくなりぬ

緒絶川

本流の失せし名残の緒絶《おだえ》川われらの町を細く貫く

歌枕緒絶の橋にほど近く架かれる棚に藤の咲くころ

川端の小路に藤の香り来てふいに切なし古うたの恋

「玉の緒」の銘を保てる酒蔵の川に沿いたる白壁眩し

緒絶川に沿いつつ来たり藤棚を七つ数えて千手寺近し

上流は玉造の江と呼ばれけるそのほとりなる友の少女期

水張田《みはり》の続くはたてに山かすむ五月うるわしここがふるさと

草の葉を巻き重ねたる笛を吹く夫にも野の少年期あり

草土手は郷愁の色に染まりおりすかんぽの花ほの赤く群れ

金　沢

ひとひらの金箔うすく紙に置きおみなは息にてそを貼りつける

金箔を竹の枠もて裁ち落とす切れ端光る花びらとなる

ふぶくかに箔散らしつつ金を貼る紺の作務衣の無言の手わざ

箔のせて刷毛を当つれば地模様の浮くきわやかさ仕上げの技の

茶屋なりし二階の紅き簾《す》の内におみなは朝の花を生け替う

白桔梗に代えてのこぎり草を挿す小さき壺の肩のやさしさ

夏のからす

山門の擬宝珠の肩に掛かりいるわらじ幾足古びて曝るる

夏日照る本堂近き石道に黒き物あり烏なりけり

むくろなる烏と見しが夏の日に射らるる目玉キロリ動きつ

臥せおりし烏が羽を帷子《かたびら》のようにひろげて頭を起こす

臥す胸を寺の敷石に預けいる烏の知恵は身を冷やすらん

追うように峰ひとつずつ降り籠めて昼の驟雨は山下りくる

事のなく、秋

葬列に久しく遇わぬ村の道かんかん照りて百日紅咲く

松並木伐られ明るき参道に石の阿弥陀はお顔のおぼろ

遠花火間《ま》おきて響《な》るをうら盆の夜にひとりなる母は聞きしか

曼珠沙華乾ける土に出ずる芽の苞の緑はくれない包む

土深く火薬を並べ埋めしか列なし爆ぜる花曼珠沙華

ひと握りほどなる束に捨て置かれ紅妖しこの死びと花

曼珠沙華闇の中にて妖しからん夜の驟雨の音過ぎ行きぬ

かたわらに眠れる人の聞かざりし夜更けの雨の過ぎてより秋

事の無く夏は過ぎたり傷みやすき花の茗荷を朝に刻める

老いたりし母にむきたる青梨のみずみずとして透きたるあわれ

郷愁の汽笛か長くひびけるは秋の沃野をＳＬの行く

野道より鳥の飛び立ち群れ去りぬ翼隠れの黄の見えながら

母病む

人々の足どり斯くも浮遊する病院の廊に息浅く吸う

いたわるもいたわらるるもさり気なき老いし二人を病廊に見る

雪はれし街の明かりの冴ゆる夜を病みつつ母は麻酔に眠る

老いて病む夕べの夢に厨事なしいる母か菜刻む仕草

母の病む部屋は現をやや離れ張り出し窓に日のやわらかき

病室の窓にしばらく見えおりぬ列乱れつつ行く夕雁が

母の身の芯ゆるやかに蝕まれ季の移るにまた吹雪きくる

過ぎたりしあまたの春に似ながらに待つ春遅し母の病みつつ

病院の配膳の時をなごむ声扉《と》越しに聞こえ母は絶食

降り積もる一生《ひとよ》の時間《とき》よ幸いの記憶薄きか母の地層に

広窓の二枚が終の春の空芽吹きのときを母哀うる

曇り日の桜のごとくおぼつかな母の意識は麻酔に薄れ

なきがらの母

草も木もまた甦る春の日々骨細らかに母は病むなり

桜花《おうか》二枝《にし》ほのくれないに匂いたつこの世の母の見納めの花

母の声すでに言葉になりがたき中に聞き分く一語ありがとう

なきがらの母と二人にいる車中幼な日に似てただ二人なり

母と行く最後の家路音の無き陰画のような辻々折れて

緋のつつじ燃え立つ庭を好みしが声なく母の身は帰りきぬ

死の衣まとわされつつ袖白く舞うときのあり鶴となる母

愚かなるわれなど産みて母となる前に還してやりたし母を

いくたびも悲しませつつわが母を悲しみやすき人と思いき

白木なる母の位牌を抱くため生まれしものとわれを赦せよ

遺骨より遺影それより言葉こそひりひり沁みるわが母であり

芍薬の花まり素手に崩すとき感触重し死に衣《ぎぬ》に似る

戦死せし父に後るる六十年ひしと淋しき母の骨なり

たましいはいずこと知れず石室に母の遺骨をたいらかに置く

母死して父がにわかに近くなる遺影のほかの顔を知らねど

いかにして受け容れにけんわが母は骨も還らぬ父の戦死を

安曇野

木犀の香る日暮れは母が子を呼ぶ声遠きふるさと思う

「供花」の書に賞を授かる旅に発つ信濃は遠き山脈《やまなみ》の国

沿線のひと木に豆柿熟るる見えふとも思いつ一茶の不遇

安曇野の見張りを任せられたるかノスリは杭の先に動かず

母と見し遠き記憶に白かりし蕎麦の畑の波立つあかく

鳶の声野をやわらかくめぐれるにゆるゆる漕ぎぬ貸自転車を

湧水に大根洗う媼あり水の温きをつつましく言う

遠き世は曠野《あれの》なりけん安曇野の宵待草に手を触れてみる

鵙の声きりきりきりひびき高曇る安曇野に来る冬を思いぬ

母の呼ぶ声に今すぐ行きますと応えて覚めぬ母は逝きしよ

雀の袴

ふるさとの畑にひとり草を引く雲白き日のやさしい時間

草の実は草の実ながら仕掛けもつ弾け飛ぶもの風に乗るもの

わが畑のエノコログサの穂の群を鬼のこどもか揺らして遊ぶ

カタバミを雀の袴と呼びおりきわれら幼く日向に遊び

花の野に置いてけぼりをこうむりし幼き日より人に遅れる

草を引く手のいつしかに緩みつつ記憶の言葉つぶやきており

かんたろう鳥はどこへ行ったやら柿捥ぐわれを騒ぎも立てず

秋の日は落ちてしまいぬふるさとに小さき棗を翳れるひまに

母と引きし真綿のごとき雲ちぎれ初冬の空の青やわらかし

薪能

稲熟るる秋の祭の宵になす薪能あり登米《とよま》の里に
里人の世世に継ぎ来し薪能舞台は森に向きてひらける

松明の火の神妙に移されし篝火が森の舞台を照らす

能舞台の柱に結ぶ御幣束かがり火を受け艶めきて見ゆ

少年が一人混じりて演じたり女を残し行く義経を

おみならの謡ゆるゆる進むとき火の粉の昇りのぼりつつ消ゆ

地謡の終りしときに薪の火爆ぜる音たち夜の気の冴ゆ

阿波の鳴門

淡路島通う千鳥の啼く声のほの白からんを聞かず海越ゆ

明けきらぬ旅の窓辺に夫言う灯せる舟の川を下るを

冬の川さざ波立ちて臍《ほぞ》寒し謀られしかな阿波十郎兵衛

十郎兵衛屋敷跡なる因縁の農村舞台に黒衣老練

顔白きお鶴の哀れ　父母に水の漏れたる時の間に果つ

海峡の荒れいる今日は渦潮の巻き乱るると聞きつつ向かう

海波の文目《あやめ》揉み合い立ち奔り渦潮の域怒れるごとし

過ぎ来たる修羅なす日々を遠巻きに冬の渦潮の縁をめぐりぬ

ひとりいる媼を母と見とがめて抱けば崩るる　夢にぞありける

枯山の道

うすら雪つもる枯れ田の土塊と見れば動きて風に向く雁

夕暮れは沼に行く雁浮きながら水に眠らんその脚赤き

冬枯れの野より湧きたるもののごと鳥立ちゆけり浅葱の空に

鳥の声近づきてまた遠ざかる鳥棲む沼に近きこの里

沼近き村の鎮守の木の倉に黒く塗られし神輿しずまる

雪の上に大輪の花浮くごとし喰われ散りたる一羽の羽毛

血の痕を円心として散りおりし羽は一羽の山鳩ならん

融けしのち凍れる雪の半ば透く小道は山の古墳に続く

積む雪をえぐれる跡は重き物運びしならん枯山の道

古き世の人も聞きしか枯山を光らせながら風渡る音

Ⅳ　花に届かず

冬の万華鏡

若き日の言葉は花のように揺れ手帳の余白いまは読み得ず

ふらんすを見ることのなく死ぬだろうわれの机にふんわりミモザ

わが日々に家族足らぬを憂いつつ花のつぼみを数えておりぬ

父の骨は南の海に忘れられほのかに白きひいらぎの花

書き泥む時のならいに覗き見る花ひらき花消ゆる冬の万華鏡

墨を磨る鉛筆けずる　書くための助走のようなことも今なく

小鳥らはぴちぴち生きて迷いなく鳴くのだろうかじぶんのことばで

いちばんの願いは言葉にせずにいる長き冬なりまた戻り雪

暮れながら雪ふる里のその奥へ尾灯の赤く吸われ行きたり

二月の光

コントラバス抱えいるとも寄れるとも女揺れつつ電車に立てり

ブーメラン帰りくるとき鳥となる夢よりさめて如月すがし

雪の窓に青きりんごをむきゆくは卓に少年のいる朝に似る

雪洞に住むかに窓の雪明かり鮭の半身は朱の鮮しき

北窓の華やぎに置くアマリリス直なる茎の空洞をもつ

むらさきの玉葱ひとつ芽のとがる朝の厨に二月の光

花　蓆

雲海のごとき桜に搦められ鳥の帰らずはや夕茜

さくらさくら吹雪ける中に死者のいて花に狂えるもろ手泳がす

木の下に一夜降りしか花蓆この世の人の踏みし跡なき

父母《ちちはは》のなき身となりしわれらゆえ花に遊べる春長きかな

地に水仙天にさくらのかがやけば死者の心もはなやぎてあれ

出歩きしのちを籠れる春の日の静めとならん雨の降りそむ

春の夜に墨うす青く書き散らす仮名も漢字も湿性植物

新しき筆をおろさん馬の尾の脇毛七寸手強き筆よ

いつの日かわが腹心の一管となれよこの筆尾脇の栗毛

ひと日の自由

干し物を白く取り込む午後三時若葉のときも生活《くらし》つねなる

藤の花こまかに浮きて流れゆく花の速さに合わせて歩む

しがらみのなく空いろの家に住む人の五月の茶に招ばれいる

今日われは行方不明の自由人各駅停車の車窓のまぶし

三輌のローカル電車ゆるゆると麦秋の野を隠れずに行け

単線を走る車内を浮遊する綿毛を誰も見とがめはせぬ

跳ぶように飛翔を区切り崖下る黒き揚羽蝶《あげは》を目に追いかけぬ

幼くて逝きし者らかほの白きはまひるがおの草生昏れ初む

船券の売り場に傘を忘れしも保管されおり帰り路の雨

師杉本清子逝く

訃に駆くる電車の窓に雨ほそく筋ひきて消ゆ光りつつ消ゆ

梅あかき下にかがやく日々のなか「召さるるもよき」と詠みて逝き給う

目に見ゆるいのちはとみに隠れけり柩の中のかんばせ淡く

師の歌に詠まれし青衣翳の濃きマーテル・ドロローサ嘆きの聖母

黙禱は心語のい行く時の間かなおればはらり常のま昼間

花の思い

人逝くにそれぞれ季の花のあり秋海棠が草生にうるむ

売られいる百合に花粉の一つなく花の思いは花に届かず

合歓の木は夕べの祈りに入りたり若く身籠るひとの屋根のうえ

日の落ちし晩夏の路をそろと来る隣家の人の媼さびたり

踏切の鐘きこえくるこの朝は風変わりしか秋となるべし

蕎麦畑日暮れに白き花蓆伸べて銀河の端を呼ぶなり

声のなく居る馬追虫《うまおい》を出だしやる朝の机の窓少し開け

何やらに隔てられつつ亡き母と話す夢みし夜の明けに病む

芋の葉の露ころがせし遠き日よいま点滴の液のふくらむ

青白くだれかが手術を待つだろう街を見下ろすあの病室で

老いゆくを他人事として友の煮るお多福豆は皮まで柔し

幾たびのデュエット「白いブランコ」はもう歌えない友重く病む

粘土の壺

焼物の町の通りに見しものに登り窯その暗き焚き口

板棚に無聊のさまに並びいる壺の形の粘土が乾く

賞を得し作者の言葉詩にも似て陶焼くこころ烈しかるべし

掃き出しの窓に芝生の緑濃き昼の食卓白磁が涼し

星宿る沼を遠見る高原に陶焼くひとの一人に住めり

美しい村という名の物語そのヒロインはいかに老いしか

このあたり下り五合目木洩れ日の差し来るような一生《ひとよ》にてあれ

西馬音内盆踊り

町筋を車禁じて練り踊る秋田西馬音内《にしもない》夜に入るや艶
編笠を前に傾け顔隠す隠れぬうなじの白き踊り子

片膝に沈み立ちつつ身を回す踊り衣装の紅ふりこぼし

踊るには重たきほどか彩《いろどり》の絹接ぎ合わす端縫《はぬい》衣装は

くれないも藍も衣装の篝火にあえかに照りていよよ踊れる

黒頭巾長く垂れつつ踊り舞う男の遂に花になるまで

じんじんとほめく祭の終わりよう見ねばひと夜はみなまぼろしか

柳　川

さざんかの花びらの浮き漂える穏しき水の街よ柳川

水影は赤き煉瓦の並蔵の揺らぐともなし遠目に過ぎつ

曳ききたる無言の流れ沈めつつ溶け合うものか水の十字路

記念館の庭に生りいる大き実を問えばザボンと答えがはずむ

朱欒ひとつ捥いであげると受付嬢ほどよき棹を持ち出して来る

棹当たり木より撥ねたる朱欒の実待ち構えいるわれのキャッチす

帰り路の旅のかばんのまん中に朱欒ひとつのかがやきてあれ

旅三日の終わらんとしてしみじみと雨ふりながら暮れる空港

焚き火

菜園を覆い二月の雪深し畝の起伏の知られぬほどに

積む雪に埋もれきらぬ菜の葉先ちりちりと鳥がついばみ尽くす

棒杭に止まりぽつんと一羽いし鶲がヒッと鳴きて火を焚く

誘わるる虫さえもなき冬の日の焚き火のうえに陽炎の立つ

ひたすらに尽きんがために燃えいると見れば炎のさびしき焚き火

冬に焚く竹の燠火のかんかんと燃ゆるも人を恋うたりはせぬ

帽子ぬぎ髪吹かれつつ人ら行く街に二月の風の明るし

菜園の日々

健やかに二人あるゆえこの春の野遊びのごと畑を耕す

さくらんぼ木苺ゆすら幼き日嬉しかりしを畑隅に植う

水に潜す青梅きらり光吐く産毛の小さき叫びか知れぬ

豆の花こまかに凝り咲きいでぬこの紫は植えて知りたり

とうきびの茎を住処に太りたる裸の虫を明るみに出す

わが指に挟まれている裸虫五分の魂しきり抗う

花白く穂先に残る頃がよき青紫蘇香るその実を扱く

わが耳の近くをよぎり苦しげの蟬は落ちるか日暮の土に

鳥除けの網張るわれより高くいるカラス三羽の声何か言う

あっモズだ夫が先に聞きとめるこの秋もまた畑しながら

飛び立つ鴨

山脈の底より暗く立ちのぼる空と見えたり冬の来たりぬ

空中に縺れ襲われいし鳶の解かれたるらしゆるり去りゆく

藪柑子の実に立ち止まりまた歩む乾く落葉を音に踏みつつ

沼水を脱ぎ捨つる音あらあらと飛び立つ鳥の続きて六羽

鴨たちの飛び立つ角度みな似たり林の迫る沼の空あい

わが頭上行くとき鳥の見する腹死角のごときものを仰ぎつ

雉　子

花を待つこころに雪を待つ日ごろ野に草ぐさのそそけたつなり

雪降らぬ野をまなうらに描くとき雀の色に暮れかかりたり

白菜を漬け物にする塩かげん初雪ほどにと母は言いにき

透りくる声の小鳥はいずこなる杉の林に沿う道を行く

ばりばりと柴をつき抜け去りしもの雉の胸もと緑つやけき

怒りたる貌か赤きをわれに向け雉あらあらと藪抜けて消ゆ

二羽居しが片つ華麗に目をひかれ見ずに失う雉のめんどり

けものよりましてて鳥より鈍きものヒトにてわれは枯野を帰る

V　港は火の海

暮れる沼

鳥たちのこの夜の眠り預からん沼ゆたゆたと広がりており

どの雲の中より来るか鳥を待つ使者待つごとく耳を立てつつ

空に打つ投網のごとく群れ来たり夕べの雁は沼に入り落つ

大様に翼を広げ来る鳥の身は鋼とも見えし白鳥

白鳥は大き翼を銀に張り逆光のなか旋回つづく

沼暮れぬ目には見えざる白鳥が降りしか水をザーと裂く音

足首を直角にして水に入ると白鳥を言う男の声が

鳥群れて水に寛ぐ頃おいを子のなき二羽か星の下行く

大震災

揺れ続き床が傾く部屋歪む　転ばぬように腕を踏ん張る

携帯電話《ケータイ》に子の声聞こえ安堵する　のちに津波の来るを思わず

帰り来て夫の言いぬ　終りだと思った　電線がぶらぶら垂れてる下を来た

ガスが消え電気の止まり水も出ぬ　からだはいつも揺れてるようで

子の友が品々抱え来て呉れぬみずからの痛手語ることなく

地震《ない》の夜の星空近しひとり住む人ら無事ぞと夫帰り来

子の住める海辺に大津波警報が　ラジオに知りてラジオ離さず

荒浜に死者何百と　圧し潰す闇の気配が耳に伝わる

夜の更けに「港は火の海」の子のメールそれより七日通信の絶ゆ

止むもまたすぐ起こりくる揺り返し心かまえて一夜眠れぬ

地震《ない》つづく停電の夜にきく音の救急車行き消防車行く

あくる日の街しずかなる石畳　冠水亀裂隆起陥没

町に灯の失われたる幾夜過ぎ今宵明るし弥生の雪に

食料を買うべく長き列に居て見上ぐる雲に鳥の入り行く

湿っぽいこの暖かさ湯たんぽはやさしくさびし停電つづく

昔式ストーブにのせ芋を焼く余震間遠くなりたる昼に

乏しきを分け合いながら震災の日々あり春の雪に菜を摘む

戦いの後の世つらき母なりきこの震災に遭わず逝きたり

呑まれし街

わだつみの総立ち来り陸《くが》翔ける大き津波に呑まれし街よ

あり得ざり船の舳先のつき刺さる白壁の家茫然と立つ

ビルらしき残骸の上に傾きて船あり津波が放り捨てたる

思わざる近さに海のありしこと　破壊されたる市街地に見る

大津波のさらいし際《きわ》に主亡き館となりぬ眼科医院は

幼かる子の診ていただきし先生に掌を合わせたり医院の跡に

さくら花うすうす白く曇りいる被災の街に人声低し

この春のさくらは供花と言い得たる人の言葉よ人のこころよ

海見れば海美しく離れ得ぬ故郷ならん毀たれしかど

災いが吹かれ来るかと恐れつつ風見の鶏を頭上に立たす

くやしきは想像力のおぼろにて過酷なことは思いみざりき

子の住む街

燃えるものみな燃え果てし海の辺の鉄の骸の間を子の行く

地震津波火事の追い撃つ四日間　街を二分け海側は消ゆ

火が川を越える悪夢のぎりぎりに避けられ市民病院たもつ

病院はごった返しの戦場とありしメールは津波の夜なり

救急に辿り着けない　病院の坂で津波に呑まれし人も

傷受けぬわが入ることのあるまじき標なりけり燃え尽きし域

救急のステッカー貼る子の自動車《くるま》被災の日々をいかに駆けしか

救急期過ぎしも医療緊迫の被災地に子は青年を越ゆ

われらの子をわれらほどにも案じいるメールが届く言葉すがしく

山に紛れよ

田に水を引ける農夫にうらうらと日の照り常の春のごとしよ

避難して山に来しひと眠れぬと言いつつ視線を草生に落とす

ふきのとうの薹の伸びしを摘むならん山におみなのさざめきながら

新緑の谿に下りゆく後ろ影海のうれいは山に紛れよ

生きえたる身を労れよやわらかき五月の葉むらに心預けて

花終えし五月の木々に育つらん核《さね》もつもののひとつひとつが

草の露

朝明けの野の草草はしみじみと露をまとえり遍照世界

草の葉に置く露見んとしゃがみこむたまゆらという言の葉ありき

草原にいっぽんの木が遠く見え逆立つ髪のごと吹かれおり

地図の野に見知らぬ沼が一つあり捜し遅れた望みのように

蓮の花あまた咲きいる湖が人の苦界の隅に光れる

平泉

悠かにも時の流れて澄むごとし中尊寺通り静かなる秋

青黒き杉の木立に迫りつつ楓紅葉のほむら広がる

幾たびの地震《なゐ》に耐えしかみちのくの大寺しんと秋を鎮まる

大寺に空なきほどの緋の楓　蝦夷《えみし》のこころ燃ゆるべくあり

晩秋の浄土庭園歩みつつ光かそけく移れるあわれ

西よりの風吹き来り大池にあとからあとから水皺《みしわ》寄り来る

水のうえ吹きくる風に揉まれいる楓若木の緋のいたいたし

くれないの楓の下を吹かれつつ遠ざかりゆくにんげんひとり

みちのくの心長くも耐えながら無量光院茫々の跡

「みちのくをこの世の浄土に」清衡の祈りよ今によみがえるべし

再びの春

ふり積もり融けてまた降り春浅し大地震の夜も雪降りおりき

積む雪の雨に融けつつ海近し陸に還れぬ死者のいる海

海底の起伏思いに辿り行く泥濘重き闇の沖まで

やあそこの誰かだなんて誰もいないみな海に向く白木の墓標

もう会えぬ父母を恋い日を生きてはるなつあきふゆ三月になる

父母《ちちはは》を海にさらわれし幼子の身の丈伸びぬ　またの三月

悲しみを輪郭線に閉じこめて泣かぬ少女よ母のなき春

父母《ちちはは》を言わぬ少女を抱きしめる祖母その人はわれかも知れぬ

雪代の川は中洲に分けられて急ぎ行きたり光のほうへ

風花をはらみおらんか薄雲の吹かれ寄り来る空冴え返り

遠ざかることばと来向かう言葉ある不思議のなかを光る風花

夢の平原

発たん日の近き白鳥おのおのに身を整うる水の静けさ

開きたる電子の辞書に残りいし「鳥雲に入る」が不意に消えたり

鳥帰る空やわらかき水色に溶け込みそうな遠い山脈

にっぽんの神々白く空渡るかたちか鳥のひたすらの群れ

芽吹かんと急げる木々を揺りながら風の華やぐ沼の辺の森

沼岸の草生にふわり白きもの水鳥の羽に風やわらかき

枯山に木の芽を起こす風荒れてわれにも何か始まりそうな

早春の雑木林を風翔り揺られざわめくわれのむらぎも

逆転の一幕などのあるまじき春はかぐろく土を耕せ

さくらさくらこの春生きてあることの涙ぐましも生きてゆかんか

蒼天を行く雲脚をよろこびてしばし駆けたり夢の平原

あとがき

第三歌集『鳥は雲から』を上梓することになりました。第二歌集『北の家族』以後十五年間の作品から、初めて自選により編集したものです。

私は宮城県大崎市に住んでいます。市内にはラムサール条約に登録されている化女沼《けじょぬま》と蕪栗沼があります。特に水鳥の生息地として国際的に重要な湿地として認められています。この二つの沼や湿地には日本に渡って来るヒシクイ、マガンの八、九割、そのほかに白鳥や鴨類がにぎやかに飛来します。鳥たちが来て、しばらく居てまた帰って行く季節の移り行きを感じながら、身近な自然に親しむ日々を過ごしています。その中で、私なりに感じ取った人生の手ざわりのようなものを親しい韻律で表現したいと願いつつ歌を詠んでまいりました。

長い年月にわたる作品の中から一冊のための歌を選ぶのは難しいことでした

が、五十代から六十代を生きた日々の思いを籠めた四百八十四首によってまとめることができました。手に取ってお読みいただけますなら、大変しあわせに存じます。

難渋し行き詰まりを感じていた時期に、原稿に目を通していろいろなアドバイスをくださった角倉羊子氏に深く感謝しております。また、編集については夫相澤信の協力を得たことを記しておきたいと思います。

最後になりましたが、出版の万般をお世話くださいました現代短歌社の社長道具武志氏、今泉洋子氏に厚く御礼を申しあげます。

平成二十六年八月二十日

菊地かほる

著者歌歴

昭和43年　長風短歌会入会
昭和46年　長風新人賞受賞
昭和49年　第一歌集『貧しき者よぶらんこをこげ』出版
平成11年　第二歌集『北の家族』出版
平成16年　宮城県短歌賞受賞
平成20年　宮城県芸術祭文芸賞（短歌）受賞

現代歌人協会会員
日本歌人クラブ会員

歌集 鳥は雲から　長風叢書第292篇

平成26年11月13日　発行

著　者　菊地かほる
〒989-6155 宮城県大崎市古川南町3-4-17 相澤方
発行人　道具武志
印　刷　㈱キャップス
発行所　**現代短歌社**

〒113-0033 東京都文京区本郷1-35-26
振替口座　00160-5-290969
電　　話　03（5804）7100

定価2500円（本体2315円＋税）
ISBN978-4-86534-060-0 C0092 ¥2315E